ALMANACH CHANTANT

POUR L'AN SECOND

DE LA RÉPUBLIQUE,

Dédié au Peuple Français.

> Il sait combattre et vaincre, et
> chanter ses victoires.

A PARIS,

Chez DU PONT, Imprimeur-Libraire,
rue de la Loi, N°. 14.

INSTRUCTION

Sur le nouveau Calendrier.

LA première année de l'ère des Français, a commencé à minuit le 22 septembre 1792, et a fini à minuit, séparant le 21 du 22 septembre 1793.

La seconde année a commencé le 22 septembre 1793, à minuit ; l'équinoxe vrai d'automne étant arrivé à 3 heures 7 minutes 19 secondes, pour l'Observatoire de Paris.

L'année est divisée en douze mois égaux de 30 jours chacun, après lesquels suivent 5 jours pour completter l'année ordinaire ; c'est-à-dire le temps que la terre employe pour tourner autour du Soleil. Cette révolution est de 365 jours 5 heures 48 minutes 49 secondes ; on ajoute un jour à l'année, tous les 4 ans à cause de ces 5 heures 48 minutes 49 secondes. Cette période de quatre ans s'appelle *Franciade.*

Chaque mois est divisé en trois parties égales de dix jours chacune, et qui sont appellées *Décades.* La décade remplace l'ancienne semaine qui ne partageoit également ni le mois ni l'année.

Tous les actes publics sont datés suivant la nouvelle organisation de l'année, et l'ère vulgaire est aboli pour les usages civils.

La convention ne s'est pas contenté de cette réforme générale, où le temps est mesuré par des calculs plus exacts et plus symétriques; elle a voulu aussi ramener par le calendrier, le livre le plus usuel de tous, le peuple Français à l'agriculture. Elle a pensé que ce seroit un grand acheminement vers le système agricole, si à chaque instant de l'année, du mois, de la décade, du jour, les regards et la pensée du citoyen, se portoient sur une image agricole, sur un bienfait de la nature, sur un objet d'économie rurale.

Pour parvenir à ce but, il falloit frapper l'imagination par les dénominations, et instruire par la nature et la série des images.

Elle a donc adopté pour chacun des mois de l'année un nom caractéristique qui exprime la température qui lui est propre, le genre de productions actuelles de la terre, et qui fait sentir le genre de saison où il se trouve.

Les trois premiers mois qui composent l'automne, prennent leur étymologie ; le premier des vendanges qui ont lieu de septembre en octobre. Ce mois se nomme *Vendemiaire.* Le second des brouillards et des brumes qui sont fréquens en octobre et novembre : il se nomme *Brumaire.* Le troisième, du froid qui se fait sentir de novembre en décembre : il se nomme *Frimaire.*

Les trois mois d'hiver, prennent leur étymologie ; le premier, de la neige qui blanchit la terre de décembre en janvier ; il se nomme *Nivôse.* Le second se nomme *Pluviôse,* à cause des pluies qui tombent de janvier en février. Le troisième *Ventôse,* à cause des giboulées qui ont lieu, et du vent qui sèche la terre de février en mars.

Les trois mois du Printems prennent leur étymologie ; le premier, de la fermentation et du développement de la sève de mars en avril : il se nomme *Germinal.* Le second *Floréal,* à cause de l'épanouissement des fleurs d'avril en mai ; et le troisième *Prairial,* de la fécondité riante et de la récolte des prairies, de mai en juin.

Le premier mois de l'été, prend son

étymologie des moissons qui couvrent les champs de juin en juillet ; il se nomme *Messidor*. Le second *Thermidor*, à cause de la chaleur qui embrase l'air de juillet en août. Le troisième se nomme *Fructidor*, des fruits que le Soleil dore et murit d'août en septembre.

Ainsi donc les noms des mois sont :

AUTOMNE.
Vendemiaire, Brumaire et Frimaire.
HIVER.
Nivôse, Pluviôse et Ventôse.
PRINTEMS.
Germinal, Floréal et Prairial.
ÉTÉ.
Messidor, Thermidor et Fructidor.

La Convention n'a pas adopté pour les jours d'autres noms que la suite naturelle des nombres, en les composant de deux mots latins. Ainsi on dit pour exprimer les dix jours de la décade.

Primdi.	Sextidi.
Duodi.	Septidi
Tridi.	Octidi.
Quartidi.	Nonidi.
Quintidi.	Décadi.

Ces noms se repètent à chaque décade.

Les prêtres avoient assigné à chaque jour de l'année, la commémoration d'un prétendu saint ; la Convention a remplacé tous ces canonisés, en rangeant par ordre dans la colonne de chaque mois, les noms des vrais trésors de l'économie rurale. Les grains, les pâturages, les arbres, les racines, les fleurs, les fruits, les plantes sont disposés dans le calendrier, de manière que la place et le quantième que chaque production occupe, est précisément le temps et le jour où la nature nous en fait présent.

A chaque *quintidi*, c'est-à-dire à chaque demi-décade, est inscrit un animal domestique avec rapport précis entre la date de cette inscription et l'utilité réelle de l'animal inscrit.

Chaque *décadi* est marqué par le nom d'un instrument aratoire, le même dont l'agriculteur se sert au temps où il est placé : de sorte que, par opposition, le laboureur dans le jour de repos, retrouvera consacré, dans le calendrier, l'instrument qu'il doit reprendre le lendemain : idée touchante, qui ne peut qu'attendrir nos nouriciers, et leur montrer enfin qu'avec la République, est venu le temps où un laboureur est plus estimé que tous les rois de la terre ensemble.

Il est un mois dans l'année, (le mois nivôse) où la terre est communément couverte de neige; c'est le temps de son repos. Ne pouvant trouver sur sa surface des productions végétales et agricoles pour figurer dans ce mois, on y a substitué les productions, les substances du règne animal et minéral utiles à l'agriculture.

Les cinq jours qui terminent et complètent l'année, sont nommés *Sanculottides*, mot nouveau qui consacre l'expression de sans-culotte illustrée par la liberté. A chacun des cinq jours des Sanculottides, il sera célébré une fête.

Primdi sera consacré à la fête de la VERTU.

Le *Duodi*, à celle du GÉNIE.

Le *Tridi*, à celle du TRAVAIL.

Le *Quartidi*, à celle de L'OPINION.

Le *Quintidi*, à celle des RÉCOMPENSES.

Tous les quatre ans , au terme de l'année bissextile, le *Sextidi*, ou sixième jour des Sanculottides , on célébrera des jeux nationaux. Cette époque d'un jour sera par excellence nommée la SANCULOTTIDE. C'est le nom le plus analogue au rassemblement des diverses portions du Peuple Français , qui viendront de toutes les parties de la République , célébrer à cette époque la Liberté , l'Égalité ; cimenter dans leurs embrassemens , la fraternité Française , et jurer au nom de tous , sur l'autel de la Patrie , de vivre et de mourir libres et en braves *Sans-Culottes.*

ÉCLIPSES

De la deuxième année de l'ère des Français.

Il y aura cette année six Éclipses ; savoir quatre de Soleil et deux de Lune. Il n'y aura que celle de Soleil du 12 PLUVIÔSE , et l'Éclipse de Lune du 26 du même mois , qui seront visibles à Paris.

La 1ᵉʳᵉ Éclipse de Soleil arrivera le 12 PLUVIÔSE ; nouvelle Lune le 12 à

11^h 3o′ du matin. Cette Éclipse sera partielle et visible en Europe et dans le nord-ouest de l'Asie.

La plus grande phase visible sur la terre sera de 4 doigts 52′ au lever du Soleil, au sud-est du Groenland. A Paris elle commencera à 11^h 11′, et finira à midi 4o′. Sa grandeur sera de 2 doigts 1o′ dans la partie boréale du Soleil.

L'Éclipse de Lune, visible à Paris, arrivera le 26 PLUVIÔSE. Pleine Lune à 1o^h du soir.

Cette Éclipse sera totale.

Commenc. de l'Éclipse à 8^h 17′ soir.
Comm. de l'obscur. totale   9. 22.
Milieu . . . . 1o. 15.
Fin de l'obscurité totale. 11.   7.
Fin de l'Éclipse . . . .   o.   7.

Ier. Mois. VENDEMIAIRE.

NOUVEAU CALENDRIER.		ANC. CALEN.	
1 Primdi.	Raisin.	22	D. SEPT.
2 Duodi.	Safran.	23	lundi.
3 Tridi.	Châtaignes.	24	mardi.
4 Quartidi.	Colchique.	25	mercredi.
5 Quintidi.	CHEVAL.	26	jeudi.
6 Sextidi.	Balsamine.	27	vendredi.
7 Septidi.	Carottes.	28	samedi.
8 Octidi.	Amaranthe.	29	dimanch.
9 Nonidi.	Panais.	30	lundi.
10 DECAD.	CUVE.	1	ma. OCT.
11 Primdi.	Pom. de terre.	2	mercredi.
12 Duodi.	Immortelle.	3	jeudi.
13 Tridi.	Potiron.	4	vendredi.
14 Quartidi.	Réséda.	5	samedi.
15 Quintidi.	ANE.	6	dimanch.
16 Sextidi.	Belle-de-nuit.	7	lundi.
17 Septidi.	Citrouille.	8	mardi.
18 Octidi.	Sarrasin.	9	mercredi.
19 Nonidi.	Tournesol.	10	jeudi.
20 DECADI.	PRESSOIR.	11	vendredi.
21 Primdi.	Chanvre.	12	samedi.
22 Duodi.	Pêche.	13	dimanch.
23 Tridi.	Navet.	14	lundi.
24 Quartidi.	Grenesienne.	15	mardi.
25 Quintidi.	BOEUF.	16	mercredi
26 Sextidi.	Aubergine.	17	jeudi.
27 Septidi.	Piment.	18	vendredi.
28 Octidi.	Tomate.	19	samedi
29 Nonidi.	Orge.	20	dimanch.
30 DECADI.	TONNEAU.	21	lundi.

IIᵉ Mois. BRUMAIRE.

NOUVEAU CALENDRIER.		ANC. CALEN.	
1 Primdi.	Pomme.	22	ma. OCT.
2 Duodi.	Céleri.	23	mercredi.
3 Tridi.	Poire.	24	jeudi.
4 Quartidi.	Betterave.	25	vendredi.
5 Quintidi.	Orz.	26	samedi.
6 Sextidi.	Héliotrope.	27	dimanch.
7 Septidi.	Figue.	28	lundi.
8 Octidi.	Scorsonnére.	29	mardi.
9 Nonidi.	Alisier.	30	mercredi.
10 DECADI.	CHARRUE.	31	jeudi.
11 Primdi.	Salsifis.	1	ven. NOV.
12 Duodi.	Cornuette.	2	samedi.
13 Tridi.	Poireterre.	3	dimanch.
14 Quartidi.	Endive.	4	lundi.
15 Quintidi.	DINDON.	5	mardi.
16 Sextidi.	Chiroui.	6	mercredi.
17 Septidi.	Cresson.	7	jeudi.
18 Octidi.	Dentelaire.	8	vendredi.
19 Nonidi.	Grenade.	9	samedi.
20 DECADI.	HERSE.	10	dimanch.
21 Primdi.	Bacchante.	11	lundi.
22 Duodi.	Olive.	12	mardi.
23 Tridi.	Garence.	13	mercredi.
24 Quartidi.	Orange.	14	jeudi.
25 Quintidi.	JARS.	15	vendredi.
26 Sextidi.	Pistache.	16	samedi.
27 Septidi.	Macjonc.	17	dimanch.
28 Octidi.	Coing.	18	lundi.
29 Nonidi.	Cormier.	19	mardi.
30 ECADI. D	ROULEAU.	20	mercredi.

IIIᵉ. Mois. FRIMAIRE.

NOUVEAU CALENDRIER.		ANC. CALEN.	
1	Primdi.	Raiponce.	21	jeu. NOV.
2	Duodi.	Turneps.	22	vendredi.
3	Tridi.	Chicorée.	23	samedi.
4	Quartidi.	Nefle.	24	dimanch.
5	Quintidi.	Cocnox.	25	lundi.
6	Sextidi.	Mâche.	26	mardi.
7	Septidi.	Chou-fleur.	27	mercredi.
8	Octidi.	Epicia.	28	jeudi.
9	Nonidi.	Genièvre.	29	vendredi.
10	DECADI.	PIOCHE.	30	samedi.
11	Primdi.	Thuya.	1	di. DEC.
12	Duodi.	Raifort.	2	lundi.
13	Tridi.	Cèdre.	3	mardi.
14	Quartidi.	Sapin.	4	mercredi.
15	Qnintidi	LAYE.	5	jeudi.
16	Sextidi.	Ajonc.	6	vendredi.
17	Septidi.	Ciprès.	7	samedi.
18	Octidi.	Lierre.	8	dimanch.
19	Nonidi.	Bouleau.	9	lundi.
20	DECADI.	HOYAU.	10	mardi.
21	Primdi.	Erable-Sucre.	11	mercredi.
22	Duodi.	Bruyère.	12	jeudi.
23	Tridi.	Roseau.	13	vendredi.
24	Quartidi.	Oseille.	14	samedi.
25	Quintidi.	GRILLON.	15	dimanch.
26	Sextidi.	Pignon.	16	lundi.
27	Septidi.	Liége.	17	mardi.
28	Octidi.	Truffe.	18	mercredi.
29	Nonidi.	Olive.	19	jeudi.
30	DECADI.	PELLE.	20	vend.

IVᵉ. Mois. NIVOSE.

NOUVEAU CALENDRIER.		ANC. CALEN.	
1 Primdi.	Neige.	21 sam.DEC.	
2 Duodi.	Glace.	22 dimanch.	
3 Tridi.	Miel.	23 lundi.	
4 Quartidi.	Cire.	24 mardi.	
5 Quintidi.	CHIEN.	25 mercredi.	
6 Sextidi.	Fumier.	26 jeudi.	
7 Septidi.	Petrole.	27 vendredi.	
8 Octidi.	Houille.	28 samedi.	
9 Nonidi.	Résine.	29 dimanch.	
10 DECADI.	FLÉAU.	30 lundi.	
11 Primdi.	Poix.	31 mardi.	
12 Duodi.	Thérébentine.	1 me.JANV	
13 Tridi.	Argile.	2 jeudi.	
14 Quartidi.	Marne.	3 vendredi.	
15 Quintidi.	LAPIN.	4 samedi.	
16 Sextidi.	Plâtre.	5 dimanch.	
17 Septidi.	Pierre à chaux.	6 lundi.	
18 Octidi.	Ardoise.	7 mardi.	
19 Nonidi.	Sable.	8 mercredi.	
20 DECADI.	VAN.	9 jeudi.	
21 Primdi.	Grès.	10 vendredi.	
22 Duodi.	Silex.	11 samedi.	
23 Tridi.	Mercure.	12 dimanch.	
24 Quartidi.	Plomb.	13 lundi.	
25 Quintidi.	CHAT.	14 mardi.	
26 Sextidi.	Etain.	15 mercredi.	
27 Septidi.	Cuivre.	16 jeudi.	
28 Octidi.	Fer.	17 vendredi.	
29 Nonidi.	Sel.	18 samedi.	
30 DECADI.	CRIBLE.	19 dimanch.	

Ve. Mois. PLUVIOSE.

NOUVEAU CALENDRIER.		ANC. CALEN.	
1	Primidi.	Lauréole.	20	lu. JANV.
2	Duodi.	Mousse.	21	mardi.
3	Tridi.	Fragon.	22	mercredi.
4	Quartidi.	Perce-neige.	23	jeudi.
5	Quintidi.	TAUREAU.	24	vendredi.
6	Sextidi.	Laurier-thym.	25	samedi.
7	Septidi.	Mnie.	26	dimanch.
8	Octidi.	Mézéréon.	27	lundi.
9	Nonidi.	Peuplier.	28	mardi.
10	DECADI.	COIGNÉE.	29	mercredi.
11	Primidi.	Ellébore.	30	jeudi.
12	Duodi.	Brocoli.	31	vendredi.
13	Tridi.	Laurier.	1	sam. FEV.
14	Quartidi.	Coudrier.	2	dimanch.
15	Quintidi.	VACHE.	3	lundi.
16	Sextidi.	Buis.	4	mardi.
17	Septidi.	Lichen.	5	mercredi.
18	Octidi.	If.	6	jeudi.
19	Nonidi.	Pulmonaire.	7	vendredi.
20	DECADI.	SERPETTE.	8	samedi.
21	Primidi.	Thlaspi.	9	dimanch.
22	Duodi.	Teymelé.	10	lundi.
23	Tridi.	Chiendent.	11	mardi.
24	Quartidi.	Traînasse.	12	mercredi.
25	Quintidi.	VEAU.	13	jeudi.
26	Sextidi.	Guède.	14	vendredi.
27	Septidi.	Noisetier	15	samedi.
28	Octidi.	Ciclamen.	16	dimanch.
29	Nonidi.	Chélidoine.	17	lundi.
30	DECADI.	TRAINEAU.	18	mardi.

VIe. Mois. VENTOSE.

NOUVEAU CALENDRIER.			ANC. CALEN.	
1	Primdi.	Tussilage.	19	mer.FÉV.
2	Duodi.	Cornouiller.	20	jeudi.
3	Tridi.	Violier.	21	vendredi.
4	Quartidi.	Troène.	22	samedi.
5	Quintidi.	Bouc.	23	dimanch.
6	Sextidi.	Asaret.	24	lundi.
7	Septidi.	Alaterne.	25	mardi.
8	Octidi.	Violette.	26	mercredi.
9	Nonidi.	Marceau.	27	jeudi.
10	DECADI.	BÊCHE.	28	vendredi.
11	Primdi.	Narcisse.	1	sa.MARS.
12	Duodi.	Orme.	2	dimanch.
13	Tridi.	Fumeterre.	3	lundi.
14	Quartidi.	Vélar.	4	mardi.
15	Quintidi.	CHEVRE.	5	mercredi.
16	Sextidi.	Epinard.	6	jeudi.
17	Septidi.	Doronic.	7	vendredi.
18	Octidi.	Mouron.	8	samedi.
19	Nonidi.	Cerfeuil.	9	dimanch.
20	DECADI.	CORDEAU.	10	lundi.
21	Primdi.	Mandragore.	11	mardi.
22	Duodi.	Persil.	12	mercredi.
23	Tridi.	Cochléaria.	13	jeudi.
24	Quartidi.	Pâquerette.	14	vendredi.
25	Quintidi.	CHEVREAU.	15	samedi.
26	Sextidi.	Pissenlit.	16	dimanch.
27	Septidi.	Silvye.	17	lundi.
28	Octidi.	Capillaire.	18	mardi,
29	Nonidi.	Frêne.	19	mercredi.
30	DECADI.	PLANTOIR.	20	jeudi.

VII°. Mois. GERMINAL.

NOUVEAU CALENDRIER.		ANC. CALEN.	
1 Primdi.	Prime-vère.	21	v. MARS.
2 Duodi.	Platane.	22	samedi.
3 Tridi.	Asperges.	23	dimanch.
4 Quartidi.	Tulipe.	24	lundi.
5 Quintidi.	Coq.	25	mardi.
6 Sextidi.	Bette.	26	mercredi.
7 Septidi.	Bouleau.	27	jeudi.
8 Octidi.	Jonquille.	28	vendredi.
9 Nonidi.	Aulne.	29	samedi.
10 DECADI.	GREFFOIR.	30	dimanch.
11 Primdi.	Pervenche.	31	lundi.
12 Duodi.	Charme.	1	ma. AVR.
13 Tridi.	Morille.	2	mercredi.
14 Quartidi.	Hètre.	3	jeudi.
15 Quintidi.	Porle.	4	vendredi.
16 Sextidi.	Laitue.	5	samedi.
17 Septidi.	Mélèze.	6	dimanch.
18 Octidi.	Ciguë.	7	lundi.
19 Nonidi.	Radis.	8	mardi.
20 DECADI.	RUCHE.	9	mercredi.
21 Primdi.	Gainier.	10	jeudi.
22 Duodi.	Romaine.	11	vendredi.
23 Tridi.	Maronnier.	12	samedi.
24 Quartidi.	Roquette.	13	dimanch.
25 Quintidi.	Pigeon.	14	lundi.
26 Sextidi.	Lilas.	15	mardi.
27 Septidi.	Anémone.	16	mercredi.
28 Octidi.	Pensée.	17	jeudi.
29 Nonidi.	Mirabill.	18	vendredi.
30 DECADI.	COUVOIR.	19	samedi.

VIIIe. Mois. FLORÉAL.

NOUVEAU CALENDRIER.		ANC. CALEN.	
1	Primdi.	Rose.	20	di. AVRI.
2	Duodi.	Chêne.	21	lundi.
3	Tridi.	Fougère.	22	mardi.
4	Quartidi.	Aubépine.	23	mercredi.
5	Quintidi.	ABEILLE.	24	jeudi.
6	Sextidi.	Ancolie.	25	vendredi.
7	Septidi.	Muguet.	26	samedi.
8	Octidi.	Champignon.	27	dimanch.
9	Nonidi.	Hyacinthe.	28	lundi.
10	DECADI.	RATEAU.	29	mardi.
11	Primdi.	Rhubarbe.	30	mercredi.
12	Duodi.	Sainfoin.	1	jeu. MAI.
13	Tridi.	Bâton-d'or.	2	vendredi.
14	Quartidi.	Chamérisier.	3	samedi.
15	Quintidi.	VER-A-SOIE.	4	dimanch.
16	Sextidi.	Consoude.	5	lundi.
17	Septidi.	Pimprenelle.	6	mardi.
18	Octidi.	Corbeille-d'or.	7	mercredi.
19	Nonidi.	Arroche.	8	jeudi.
20	DECADI.	SARCLOIR.	9	vendredi.
21	Primdi.	Staticé.	10	samedi.
22	Duodi.	Fritillaire.	11	dimanch.
23	Tridi.	Bourrache.	12	lundi.
24	Quartidi.	Valérianne.	13	mardi.
25	Quintidi.	CARPE.	14	mercredi.
26	Sextidi.	Fusain.	15	jeudi.
27	Septidi.	Civette.	16	vendredi.
28	Octidi.	Buglose.	17	samedi.
29	Nonidi.	Senevé.	18	dimanch.
30	DECADI.	HOULETTE.	19	lundi.

IXᵉ. Mois. PRAIRIAL.

NOUVEAU CALENDRIER.		ANC. CALEN.	
1	Primdi. Luzerne.	20	ma. MAI.
2	Duodi. Hémérocale.	21	mercredi.
3	Tridi. Trèfle.	22	jeudi.
4	Quartidi. Angélique.	23	vendredi.
5	Quintidi. CANARD.	24	samedi.
6	Sextidi. Mélisse.	25	dimanch.
7	Septidi. Fromental.	26	lundi.
8	Octidi. Martagon.	27	mardi.
9	Nonidi. Serpolet.	28	mercredi.
10	DECADI. FAULX.	29	jeudi.
11	Primdi. Fraise.	30	vendredi.
12	Duodi. Béthoine.	31	samedi.
13	Tridi. Pois.	1	di. JUIN.
14	Quartidi. Accacia.	2	lundi.
15	Quintidi. CANNE.	3	mardi.
16	Sextidi. OEillet.	4	mercredi.
17	Septidi. Sureau.	5	jeudi.
18	Octidi. Pavot.	6	vendredi.
19	Nonidi. Tilleul.	7	samedi.
20	DECADI. FOURCHE.	8	dimanch.
21	Primdi. Barbeau.	9	lundi.
22	Duodi. Camomille.	10	mardi.
23	Tridi. Chèvre-feuille.	11	mercredi.
24	Quartidi. Caille-lait.	12	jeudi.
25	Quintidi. TANCHE.	13	vendredi.
26	Sextidi. Jasmin.	14	samedi.
27	Septidi. Verveine.	15	dimanch.
28	Octidi. Thym.	16	lundi.
29	Nonidi. Pivoine.	17	mardi.
30	DECADI. CHARIOT.	18	mercredi.

X°. Mois. MESSIDOR.

NOUVEAU CALENDRIER.		ANC. CALEN.	
1 Primdi.	Seigle.	19	je. JUIN.
2 Duodi.	Avoine.	20	vendredi.
3 Tridi.	Oignon.	21	samedi.
4 Quartidi.	Véronique.	22	dimanch.
5 Quintidi.	MULET.	23	lundi.
6 Sextidi.	Romarin.	24	mardi.
7 Septidi.	Concombre.	25	mercredi.
8 Octidi.	Echalotte.	26	jeudi.
9 Nonidi.	Absynthe.	27	vendredi.
10 DECADI.	FAUCILLE.	28	samedi.
11 Primdi.	Coriandre.	29	dimanch.
12 Duodi.	Artichaud.	30	lundi.
13 Tridi.	Giroflée.	1	ma. JUIL.
14 Quartidi.	Lavande.	2	mercredi.
15 Quintidi.	JUMART.	3	jeudi.
16 Sextidi.	Tabac.	4	vendredi.
17 Septidi.	Groseille.	5	samedi.
18 Octidi.	Orge.	6	dimanch.
19 Nonidi.	Cerise.	7	lundi.
20 DECADI.	PARC.	8	mardi.
21 Primdi.	Menthe.	9	mercredi.
22 Duodi.	Cumin.	10	jeudi.
23 Tridi.	Haricots.	11	vendredi.
24 Quartidi.	Orcanète.	12	samedi.
25 Quintidi.	PINTADE.	13	dimanch.
26 Sextidi.	Sauge.	14	lundi.
27 Septidi.	Ail.	15	mardi.
28 Octidi.	Vesce.	16	mercredi.
29 Nonidi.	Blé.	17	jeudi.
30 DECADI.	CHALÉMIE.	18	vendredi.

XIe. Mois. THERMIDOR.

NOUVEAU CALENDRIER.		ANC. CALEN.	
1	Primdi.	Epeautre.	19	sa. JUIL.
2	Duodi.	Bouillon-blanc.	20	dimanch.
3	Tridi.	Melon.	21	lundi.
4	Quartidi.	Ivraie.	22	mardi.
5	Quintidi.	BELIER.	23	mercredi.
6	Sextidi.	Prèle.	24	jeudi.
7	Septidi.	Armoise.	25	vendredi.
8	Octidi.	Carthame.	26	samedi.
9	Nonidi.	Mûres.	27	dimanch.
10	DECADI.	ARROSOIR.	28	lundi.
11	Primdi.	Panis.	29	mardi.
12	Duodi.	Salicor.	30	mercredi.
13	Tridi.	Abricot.	31	jeudi.
14	Quartidi.	Basilic.	1	ve. AOUT
15	Quintidi.	Brebis.	2	samedi.
16	Sextidi.	Guimauve.	3	dimanch.
17	Septidi.	Lin.	4	lundi.
18	Octidi.	Amende.	5	mardi.
19	Nonidi.	Gentiane.	6	mercredi.
20	DECADI.	ECLUSE.	7	jeudi.
21	Primdi.	Carline.	8	vendredi.
22	Duodi.	Caprier.	9	samedi.
23	Tridi.	Lentille.	10	dimanch.
24	Quartidi.	Aunée.	11	lundi.
25	Quintidi.	AGNEAU.	12	mardi.
26	Sextidi.	Myrte.	13	mercredi.
27	Septidi.	Colza.	14	jeudi.
28	Octidi.	Lupin.	15	vendredi.
29	Nonidi.	Coton.	16	samedi.
30	DECADI.	MOULIN.	17	dimanch.

XII°. Mois. FRUCTIDOR.

NOUVEAU CALENDRIER.		ANC. CALEN.	
1	Primdi.	Prune.	18	lu. AOUT.
2	Duodi.	Millet.	19	mardi.
3	Tridi.	Lycoperde.	20	mercredi.
4	Quartidi.	Escourgeon.	21	jeudi.
5	Quintidi.	BARBEAU.	22	vendredi.
6	Sextidi.	Tubéreuse.	23	samedi.
7	Septidi.	Sucrion.	24	dimanch.
8	Octidi.	Apocyn.	25	lundi.
9	Nonidi.	Réglisse.	26	mardi.
10	DECADI.	ECHELLE.	27	mercredi.
11	Primdi.	Pastèque.	28	jeudi.
12	Duodi.	Fenouille.	29	vendredi.
13	Tridi.	Epine-vinette.	30	samedi.
14	Quartidi.	Noix.	31	dimanch.
15	Quintidi.	Goujon.	1	lu. SEPT.
16	Sextidi.	Orange.	2	mardi.
17	Septidi.	Cardière.	3	mercredi.
18	Octidi.	Nerprun.	4	jeudi.
19	Nonidi.	Sagette.	5	vendredi.
20	DECADI.	HOTTE.	6	samedi.
21	Primdi.	Eglantier.	7	dimanch.
22	Duodi.	Noisette.	8	lundi.
23	Tridi.	Houblon.	9	mardi.
24	Quartidi.	Sorgho.	10	mercredi.
25	Quintidi.	ECREVISSE.	11	jeudi.
26	Sextidi.	Bigarade.	12	vendredi.
27	Septidi.	Verge-d'or.	13	samedi.
28	Octidi.	Mais.	14	dimanch.
29	Nonidi.	Marron.	15	lundi.
30	DECADI.	CORBEILLE.	16	mardi.

LES SANCULOTTIDES,

Fin de l'année.

NOUVEAU CALENDRIER.		ANC. CALEN.	
1 Primdi.	Fête de la Vertu	17	m. SEPT.
2 Duodi.	Fête du Génie.	18	jeudi.
5 Tridi.	Fête du Travail.	19	vendredi.
4 Quartidi.	F. de l'Opinion.	20	samedi.
5 Quintidi.	des Récompen.	21	dimanch.

PRÉFACE.

Ah ! ca ira, ça ira, ça ira,
Ils sont unis tous les bons patriotes ;
Ah, ça ira, ça ira, ça ira,
Malheur à qui jamais s'y frottera.

Le ciel témoin, chacun de nous jura.
La liberté sans cesse il défendra.
Ah ! ça tiendra, ça tiendra, ça tiendra,
Ils l'ont promis les braves Sans-culottes ;
Ah ! ça tiendra, ça tiendra, ça tiendra,
Malheur à qui jamais l'attaquera.

Ce beau serment que chacun prononça,
Aucun de nous ne le démentira,
Et toujours vrai patriote,
Même en mourant il dira :
Ah ! ça ira, ça ira, ça ira,
Vive à jamais tout brave Sans-culotte :
Ah ! ça ira, ça ira, ça ira,
Malheur à qui jamais l'attaquera.

RECUEIL DE CHANSONS PATRIOTIQUES.

HYMNE NATIONAL.

Allons enfans de la Patrie,
Le jour de gloire est arrivé ;
Contre nous de la tyrannie,
L'étendard sanglant est levé.   *bis.*
Entendez-vous dans les campagnes,
Mugir ces féroces soldats ?
Ils viennent jusques dans vos bras,
Egorger vos fils, vos compagnes.
Aux armes, citoyens ! formez vos bataillons ;
    Marchez, marchez,
Qu'un sang impur abreuve nos sillons.
    Marchons, marchons,
Qu'un sang impur abreuve nos sillons.

Que veut cette horde d'esclaves,
De traîtres, de rois conjurés ?
Pour qui ces ignobles entraves,
Ces fers dès long-temps préparés ?
Français ! pour vous, ah ! quel outrage !
Quel transport il doit exciter !
C'est vous qu'on ose méd....,

De rendre à l'antique esclavage !
Aux armes, citoyens ! etc.

Quoi ? des cohortes étrangères
Feroient la loi dans nos foyers !
Quoi ! ces phalanges mercenaires,
Terrasseroient nos fiers guerriers !
Grand dieu ! par des mains enchaînées,
Nos fronts sous le joug se ploieroient !
De vils despotes deviendroient
Les maîtres de nos destinées !
Aux armes, citoyens ! etc.

Tremblez, tyrans, et vous perfides,
L'oprobre de tous les partis !
Tremblez ! vos projets parricides
Vont enfin recevoir leur prix.
Tout est soldat pour vous combattre ;
S'ils tombent, nos jeunes héros,
La terre en produit de nouveaux,
Contre vous tout prêts à se battre.
Aux armes, citoyens ! etc.

Français, en guerriers magnanimes
Portez ou retenez vos coups ;
Epargnez ces tristes victimes,
A regrets s'armant contre nous.
Mais ces despotes sanguinaires,
Mais les complices de Bouillé,
Tous ces tigres qui sans pitié,
Déchirent le sein de leur mère !
Aux armes, citoyens ! etc.

Amour sacré de la Patrie,
Conduis, soutiens nos bras vengeurs;
Liberté, Liberté chérie,
Combats avec tes défenseurs!
Sous nos drapeaux que la victoire
Accoure à tes mâles accens;
Que tes ennemis expirans,
Voyent ton triomphe et notre gloire.
Aux armes, citoyens! formez vos bataillons;
    Marchez, marchez,
Qu'un sang impur abreuve nos sillons.
    Marchons, marchons,
Qu'un sang impur abreuve nos sillons.

CHANSON.

Air : *Aussi-tôt que la lumière.*

Loin de nous l'ignominie
Qui flétrissoit nos ayeux;
La liberté, la patrie,
Désormais, voilà nos dieux.
Plus d'égards pour la naissance,
L'homme utile est le plus grand,
Signalons notre vaillance,
Le triomphe nous attend.

Comme on fleuve qui déborde
Dans les champs avec fracas,
De vils brigands une horde
Pénétra dans nos climats,

La France entière se lève,
Ils sont mis hors de combats,
Et la faim qui les achéve
Les dispute à nos soldats.

O vous, guerriers mercenaires,
Contre qui vous armez-vous?
Ne sommes-nous pas vos frères?
Soyez libres comme nous.
Que votre amitié réponde
A nos vœux les plus ardens ;
Jurons tous la paix au monde
Sur le tombeau des tyrans.

ARIETTE

DE CÉCILE ET JULIEN,

Ou le Siége de Lille.

L'Amour dans le cœur d'un Français ,
L'Amour est le bonheur suprême ;
Tous les instans sont pleins d'attraits
Auprès de la beauté qu'il aime ;   *bis.*
Mais au premier son du tambour ,
    Il sacrifie,
    A sa Patrie ,
Son bien, sa vie, et son amour.   *bis.*

A s'aquitter de son devoir ,
Un bon Français trouve des charmes ;

De son amante au désespoir,
Lui-même il essuie les larmes ;
Mais, au premier son, etc.

Tout homme sage, avec regret,
S'arme pour frapper et détruire ;
Toujours actif, et toujours prêt,
Des maux de la guerre il soupire
Mais, au premier son, etc.

Qui sait délivrer son pays,
Est vu comme un dieu sur la terre :
A l'objet dont il est épris,
Le Français est jaloux de plaire ;
Mais, au premier son, etc.

J'aime qu'on desire la paix ;
Aux humains elle est nécessaire.
J'aime qu'au déclin d'un jour frais,
L'on s'égaye sur la fougère ;
Mais, je veux qu'au son du tambour,
      On sacrifie,
      A sa Patrie,
Son bien, sa vie et son amour.

CHANSON GUERRIÈRE.

Air : *Aussi-tôt que la lumière.*

Citoyens, troupe guerrière,
Soldats de l'égalité,

C'est la France toute entière
Qui défend la liberté.
Ah ! si les soldats de Rome
Ont asservi l'univers,
Connoissant les droits de l'homme,
Pourrions-nous porter des fers ?

Grenadiers et volontaires,
Citoyens, parens, amis,
Pour la plus juste des guerres
L'honneur nous a réunis :
Battons la ligue infernale
Qui veut réformer nos loix ;
Une pompe triomphale
Couronnera nos exploits.

Que dans nos rangs le silence
Prouve à tous nos généraux
Qu'ils auront obéissance,
Commandant à leurs égaux.
Français, quelle jouissance !
Vous verrez tous nos guerriers
Rentrer au sein de la France,
Sous l'ombre de vos lauriers.

Le Français n'est plus esclave ;
Tremblez, despotes du Nord ;
Nous vous prouverons qu'il brave
Et les dangers et la mort :
L'Europe qui le contemple
A ses coups doit applaudir,
Donnant au monde l'exemple
De vivre libre ou mourir.

Si le hasard de la guerre
Venoit tromper nos efforts,
Houlans, songez bien à faire
Vos manœuvres sur des morts :
Car la France toute entière
N'offriroit à vos succès
Qu'un immense cimetière,
Couvert du peuple Français.

LES TRAVAUX DU CAMP.

Air : *Vous qui d'amoureuse aventure.*

Amis, le cri de la patrie
Appelle aujourd'hui nos secours ;
Les Français, à sa voix chérie,
Jamais ne se montreront sourds.
    Allons, travaillons,
Travaillons, braves patriotes ;
    Allons, pressons,
Poussons vivement nos travaux ;
Les esclaves et les despotes,
Ici trouveront leurs tombeaux.   *bis.*

Ici la fatigue est légère,
Pour qui chérit la liberté ;
Chacun à côté de son frère,
Veut bêcher pour l'égalité.
    Allons, etc.

Tremblez, lâches aristocrates,

En voyant près de leurs époux
Les femmes les plus délicates
Manier le fer comme nous,
    Allons, etc.

Pour se soustraire à l'esclavage,
Nos enfans n'ont pas moins de cœur,
Et la foiblesse de leur âge
disparoît devant leur ardeur.
    Allons, etc.

Oui, la liberté de la terre
Dépend aujourd'hui de nos bras :
Jurons de ne finir la guerre
Que quand les rois seront à bas.
    Allons, etc.

Alors une immortelle gloire
Ceignant notre front de laurier,
Nous chanterons notre victoire
Et le bonheur du monde entier.
    Allons, etc.

LA GAMELLE.

Air : *De la Carmagnole.*

Savez-vous pourquoi, mes amis, *bis.*
Nous sommes tous si réjouis ?   *bis.*
    C'est qu'un repas n'est bon
    Qu'apprêté sans façon.
Mangeons à la gamelle :

Vive le son, vive le son,
Mangeons à la gamelle,
Vive le son du chaudron.

Point de froideur, point de hauteur,
L'aménité fait le bonheur :
    Oui, sans fraternité,
    Il n'est point de gaieté ;
Mangeons à la gamelle :
Vive, etc.

Nous faisons si des bons repas,
On y veut rire, on ne peut pas ;
    Le mêts le plus friand,
    Dans un vase brillant,
Ne vaut pas la gamelle :
Vive, ect.

Vous, qui brillez dans vos palais,
Où le plaisir n'entra jamais,
    Pour vivre sans souci,
    Il faut venir ici
Manger à la gamelle :
Vive, etc.

On s'affoiblit dans le repos,
Quand on travaille on est dispos ;
    Que nous sert un grand cœur,
    Sans la mâle vigueur
Qu'on gagne à la gamelle :
Vive, etc.

Savez-vous pourquoi les Romains
Ont subjugué tous les humains ?

Amis, n'en doutez pas,
C'est que ces fiers soldats
Mangeoient à la gamelle :
Vive, etc.

Ces Carthaginois si lurons,
A Capoue ont fait les capons ;
S'ils ont été vaincus,
C'est qu'ils ne daignoient plus
Manger à la gamelle :
Vive, etc.

Bientôt les brigands couronnés,
Mourant de faim, proscrits, bernés,
Vont envier l'état
Du plus pauvre soldat,
Qui mange à la gamelle :
Vive, etc.

Ah ! s'ils avoient le sens commun,
Tous les peuples n'en feroient qu'un ;
Loin de s'entr'égorger,
Ils viendroient tous manger
A la même gamelle :
Vive, etc.

Amis, terminons ces couplets
Par le serment des bons Français ;
Jurons tous, mes amis,
D'être toujours unis :
Vive la République,
Vive le son, vive le son,
Vive la République,
Vive le son du canon.

LA MONTAGNE.

Air : *de la Croisée.*

ON a mille goûts différens,
On fait mille choix dans le monde,
L'un veut toujours courir les champs
Et l'autre voyager sur l'onde ;
L'un de la ville aime le bruit.
L'autre la paix de la campagne,
Tel court la plaine, et tel la fuit :
Moi, j'aime la Montagne.   *bis.*

Qui de ce bienfaisant ruisseau
Peut arrêter le cours rapide ?
Qui peut corrompre ainsi son eau,
Si ce n'est un marais fetide ?
Il le change en bourbier fatal
Pour l'habitant de la campagne ;
Son onde était comme un crystal,
Sortant de la Montagne.

La vertu nous place très-haut,
Le vice abaisse, il humilie ;
On rampe quand on est un sot ;
On s'élève avec du génie.
Au Parnasse un auteur gravit,
S'il veut la gloire pour compagne ;
Le Dieu du goût et de l'esprit
Siège sur la Montagne.

Quand Dieu fit entendre sa voix

A l'Hébreu rebelle et volage ;
Quand l'Eternel dicta ses Loix,
Qui devoient le rendre plus sage ;
Pour prononcer de tels arrêts,
Il ne s'est pas mis en campagne ;
Mais il a dicté ses décrets
Du haut de la Montagne.

LE BONNET DE LA LIBERTÉ.

Air : *Du haut en bas.*

Que ce bonnet
Aux bons Français donne de graces !
Que ce bonnet
Sur nos fronts fait un bel effet !
Aux aristocratiques faces,
Rien ne cause tant de grimaces
Que ce bonnet.

Que ce bonnet,
Femmes, vous serve de parure,
Que ce bonnet
Des enfans soit le bourrelet ;
A vos maris, je vous conjure
De ne donner d'autre coiffure
Que ce bonnet.

De ce bonnet
Tous les habitans de la terre,
De ce bonnet

Se couvriront le cervelet,
Et même un jour quelque comère
Affublera le très-saint-père
    De ce bonnet.

    Notre bonnet
Embellira toutes nos fêtes ;
    Notre bonnet
Se conservera pur et net :
Grand Dieu ! que les Bourbons sont bêtes,
De n'avoir pas mis sur leurs têtes
    Notre bonnet. ...

    Par un bonnet,
France, assure-toi la victoire
    Par un bonnet,
Ton triomphe sera complet ;
Que les ennemis de ta gloire
Soient chassés de ton territoire
    Par un bonnet.

COUPLETS.

Air : *du Vaudeville de Pierre-le-Grand.*

L'ESCLAVAGE le plus honteux
Autrefois régnoit dans la France,
Et les Français se trouvoient tous heureux
Dans leur paisible indifférence.
Ah ! pour nous, sans la liberté,
Il n'est point de félicité.

Des modérés, des intrigans,
Méprisons la rage ennemie,
Ne répondons à leurs cris impuissans,
Qu'en servant toujours la patrie.
Ah ! pour nous, etc.

Qu'un roi soit un homme à nos yeux ;
Qu'envers lui cesse tout hommage ;
C'est en flattant les rois, que nos aïeux
Nous ont plongés dans l'esclavage ;
Mais pour nous, sans la liberté,
Il n'est point de félicité.

C'est par un système trompeur
Que le peuple adore le trône ;
De tous les rois, sans doute le meilleur
Est indigne de la couronne ;
Tous détestent la liberté,
Nos maux sont leur félicité.

Vous, qui régnez sur l'univers,
Vous, qu'encor le peuple révère,
Tyrans, bientôt il brisera ses fers ;
Sur ses droits le Français s'éclaire ;
Il sait que sans la liberté
Il n'est point de félicité.

CHANT CIVIQUE.

Air : *Vous qui d'amoureuse aventure.*

Veillons au salut de l'empire,
Veillons au maintien de nos droits ;
Si le despotisme conspire,
Conspirons la perte des rois ;
    Liberté, liberté,
Que tout mortel te rende hommage,
    Tirans, tremblez,
Vous allez expier vos forfaits :
Plutôt la mort que l'esclavage,   *bis.*
C'est la devise des Français.

Du destin de notre patrie,
Dépend celui de l'univers ;
Si jamais elle est asservie,
Tous les peuples sont dans les fers.
    Liberté, liberté, etc.

Ennemis de la tyrannie,
Paroissez tous, armez vos bras,
Du fond de l'Europe avilie,
Marchez avec nous au combat.
    Liberté, liberté,
Que ce nom sacré nous rallie,
    Poursuivons les tyrans,
Punissons, punissons leurs forfaits ;
Nous servons la même patrie,
Les hommes libres sont Français.

L'ANTI-FÉDÉRALISTE,

Air : *De la Bergerette, Contredanse.*

Dans un élan général,
Patriotes, vrais sans-culottes,
Au feuillantisme infernal,
Jurons de donner le bal :
D'énergie et de courage,
Comme autrefois, armons-nous !
Encor un jour de courage :
Nous allons conjurer l'orage,
Et nos ennemis vaincus,
Pour jamais seront abattus ;
    Contre les brigands,
    Et les intrigans,
Marchons, agissons en même-tems ;
    Grace pour aucun ;
    Frappons sur chacun,
Et qu'à la mort n'échappe pas un.

RONDE

DU CAMP DE GRAND-PRÉ

Vois, aimables fillettes,
Et vous, jeunes garçons,
Aux sons de nos musettes,

Unissez vos chansons ;
Si vous aimez la danse,
Venez, accourez tous,
Boire du vin de France,
Et danser avec nous.　　　*bis.*

Ces nobles et ces princes,
Contre nous conjurés,
En quittant nos provinces,
Disoient aux émigrés :
Si vous aimez la danse,
Venez, accourez tous, etc.

Quelques enfans timides,
A leur premier abord ;
Quelques guerriers perfides,
Leur ont dit sans effort :
Si vous aimez, etc.

Ces bandes aguerries
S'avançoient à grands pas :
Du fonds des Tuileries
On leur crioit.... tout bas :
Si vous aimez, etc.

Ici, d'un ton plus leste,
On les a fait danser :
Notre jeunesse est preste,
Et peut recommencer.
Si vous aimez, etc.

Nous avons l'humeur fière
Avec leurs potentats,

Mais de notre rivière,
Nous chantons aux soldats :
Si vous aimez, etc.

Une loi bienfaisante,
Et qu'on vous montrera,
Donne cent francs de rente
A qui désertera :
Si vous aimez, etc.

Ces fils de la victoire,
Vaincus par les Français,
Passent les jours sans boire,
Et ne dansent jamais.
Si vous aimez, etc.

Déjà leur grand courage
Commence à se lasser ;
Ils viennent à la nage,
Pour boire et pour danser.
Si vous aimez, etc.

En ces lieux, par douzaine,
On en voit chaque jour ;
Puis, sur les bords de l'Aisne,
Ils chantent tour-à-tour :
Si vous aimez, etc.

Bientôt l'armée entière,
Hormis les officiers,
Va, sous notre bannière,
Chanter dans nos foyers :
Nous aimons tous la danse,

Et nous accourons tous
Boire du vin de France,
Et danser avec vous.   { bis.

LA CARMAGNOLE
DE CÉCILE ET JULIEN,
Ou le Siége de Lille.

DE la France les ennemis,
Comptoient marcher droit à Paris ;
Mais, nos généraux réunis,
Au lieu de ça les ont occis :
      Nos vœux sont accomplis,
      Nous sommes réjouis :
Dansons la carmagnole,
Vive le son, vive le son,
Dansons la carmagnole,
Vive le son du canon.

Tous ces grands seigneurs si petits,
Acharnés contre leur pays,
Par les Destins seront trahis ;
Du Ciel les peuples sont amis,
      Brunswick leur a promis,
      Le sort n'a pas permis. ....
Dansons, ect.

Tous ces esclaves des méchans
Nous nuiront, mais perdront leur tems.
La France, à leurs bras menaçans,

Opposera tous ses enfans :
    Guerre, guerre aux tyrans,
    La paix aux indigens.
Dansons, etc.

Pauvres instrumens du courroux
De ces monstres et de ces foux,
Portez, portez ailleurs vos coups,
Ou, pour goûter un sort plus doux,
    Venez vous joindre à nous,
    Nos bras s'ouvrent pour vous.
Dansons, etc.

RONDE,

Faite et chantée à bord d'un vaisseau
de l'État sur l'Océan Indien.

Air : *Adieu donc, dame Françoise.*

CHANTER est un bon présage ;
Chantons donc tous ce refrain :
Vertus, amitié, courage,
Signalent le citoyen ;
Ce sont les titres du sage,
Et ceux de l'homme de bien.

Jadis, sur de vieilles vitres,
Un noble fondoit ses droits ;
Un caillou casse les titres,
Voilà le noble aux abois :

Aussi sur de vieilles vitres,
Pourquoi donc fonder ses droits ?

Un comte avoit sa noblesse
Bien roulée en parchemin ;
Un maudit rat, pièce à pièce,
A rongé tout le vélin.
Pourquoi diable sa noblesse
Est-elle de parchemin ?

Nos droits sont dans la nature,
La raison les recouvra ;
Ils ne craignent pas l'injure
D'un coup de vent, ni d'un rat ;
Mais aussi c'est la nature
Qui dans nos cœurs les grava.

Je connois une patrone
Qui se nomme *Liberté*,
A ses élus elle donne
Force, gloire, sûreté :
Voilà, voilà la patrone
Dont mon cœur est enchanté.

J'ai juré de mourir libre,
Et je tiendrai mon serment :
Que le Pape, au bord du Tibre,
Lance son foudre impuissant ;
J'ai juré de mourir libre,
Et je tiendrai mon serment.

ROMANCE AUX FRANÇAIS.

Air : *Pauvre Jacques.*

Brave peuple, quand tu flattois ton roi,
Et quand tu le nommois ton père,
Des courtisans tu recevois la loi,
Tu manquois de tout sur la terre.   *bis.*
Mais aujourd'hui tes droits te sont rendus,
La raison te parle et t'éclaire ;
De leurs pouvoirs les tyrans sont déchus,
Tu seras heureux sur la terre.
Brave peuple, quand, etc.

Ces grands, jadis tes lâches oppresseurs,
Exaltent en vain leur colère,
Tu peux braver leur dépit, leurs fureurs,
Ils sont tes égaux sur la terre.
Brave peuple, pour conserver tes droits,
Ressouviens-toi de ta misère ;
Veille toujours sur les grands d'autrefois.
Ce sont les fléaux de la terre.

Qu'ils s'arment, qu'ils attaquent tes foyers,
Brave leur courroux sanguinaire ;
Vole au combat, vas cueillir des lauriers,
Punis les tyrans de la terre.
Brave peuple, soutiens ta dignité,
Accable un parti téméraire ;
Pour un Français qui perd sa liberté,
Il n'est plus de bien sur la terre.

Punis un roi parjure à ses sermens,
Montre-toi grand, juste et sévère ;
N'écoute plus les avis indulgens ,
Et donne un exemple à la terre.
Brave peuple , si tu veux vivre heureux ,
Écoute un avis salutaire ;
Chasse à jamais les rois ; ah ! ce sont eux
Qui font les malheurs de la terre. *bis.*

RONDE PATRIOTIQUE.

Dédiée aux braves Parisiens qui vont
combattre les rebelles de la Vendée.

Air : *Si vous aimez la danse.*

Favoris de la gloire,
Et de la liberté ,
Aux champs de la victoire
Volez avec fierté :
Qu'au son de la trompette
L'airain frappant les airs,
Au loin l'écho répète   *bis.*
Ces foudroyans concerts.   *bis.*

D'une horde d'esclaves ,
Qu'un roi put capiver ,
Les bras chargés d'entraves
Sur vous s'osent lever :
Qu'au son de la trompette , etc.

Marchez vers la Vendée ,

Braves Parisiens !
La palme est accordée
Aux vainqueurs des Prussiens ;
Qu'au son de la trompette, etc.

Malgré les cris de rage
Des lâches intrigans ;
Déjà votre courage
Fait pâlir les brigands ;
Qu'au son de la trompette, etc.

Puisse la République
Vous revoir triomphans ,
Et le chêne civique
Ombrager ses enfans ;
Qu'au son de la trompette , etc.

Vainqueurs , la main des Graces
Couronne votre front ;
Aux lauriers sur vos traces
Les myrthes se joindront ;
Qu'au son de la trompette , etc.

LE MOYEN

DE FINIR PROMPTEMENT LA GUERRE.

Air : *Aussi-tôt que la lumière.*

Sans doute à vos yeux nous sommes
Un bétail, un instrument :
Sur la mort de cent mille hommes

Vous calculez froidement.
Princes, qui souillez la terre,
Qui vous jouez des humains,
La liberté nous éclaire,
Votre sort est dans nos mains.

Vous méditez des batailles,
Vous provoquez des combats ;
Pour vos propres funérailles,
Songez qu'il ne faut qu'un bras.
Il est une voix qui crie
Dans le fond de notre cœur ;
S'immoler pour la patrie
Est le comble de l'honneur.

Pour des titres, des chimères
Que vous voulez soutenir,
Des milliers de nos frères
Sont exposés à périr ;
Mais qu'un seul d'eux réfléchisse,
Qu'on ne peut mourir deux fois.
Il frappe : votre supplice
Fait trembler les mauvais rois.

Sachez, peuples de la terre,
Que de vous dépend la paix ;
Si vous le voulez, la guerre
Ne vous troublera jamais :
Faites descendre du trône
Ces assassins conquérans.
Plus de rois, plus de couronne,
Vous n'aurez plus de tyrans.

Au milieu de vos armées,
Et même au sein de vos cours,
Tremblez pour vos destinées,
Nous attaquerons vos jours :
Despotes, vaines idoles,
Qui croyez tout fait pour vous,
Sachez qu'il est des Scévoles
Qui vous destinent leurs coups.

VAUDEVILLE

DE L'OFFICIER DE FORTUNE.

DUVAL.

Fidel époux, franc militaire,
Sont des titres chers à mon cœur ;
Au champ de Mars comme à Cythère,
Je veux toujours m'en faire honneur.
Si la gloire illustre ma vie,
La tendresse en fait les attraits :
Servir l'Amour et la Patrie,
C'est le devoir d'un bon Français. } *bis.*

CELESTE.

Je veux t'aimer avec tendresse ;
N'avoir de biens que tes plaisirs ;
Et moins épouse que maîtresse,
Toujours prévenir tes desirs.
Si la gloire expose ta vie,
Je dirai, malgré mes regrets :
« Il va défendre sa Patrie,
» C'est le devoir d'un bon Français.

NICAISE.

Quand on dit que je n'sis qu'une bête,
On peut ben n'pas être un menteur :
Mais, qu'ons-je besoin d'l'esprit d'la tête,
Si j'avons l'nôtre au fond du cœur !
Tous ces messieurs qu'ont du génie,
Devroient ben conv'nir désormais,
Que s'tilà qu'aime ben sa Patrie,
A tout l'esprit d'un bon Français.

ROBERT, *au Public.*

Quand de nos défenseurs fidèles,
L'Auteur ébauchoit quelques traits,
Il vous avoit pris pour modèles ;
Ne critiquez pas vos portraits :
Que son motif le justifie,
Si ses efforts sont sans succès :
Peindre l'amour de la Patrie,
C'est le devoir d'un bon Français.

CHANSON
PHILOSO-PATRIOTIQUE.

Vous, dont la vertu guerrière
Brave le sort des combats,
D'une rage sanguinaire,
Ne souillez jamais vos bras ;
Que la justice seconde,
Et guide tous vos projets ;
Apprenez à tout le monde
Que vous êtes nés Français.   *bis.*

Que la horde sanguinaire,
Qui gémit de vos succès,
Dans tous les coins de la terre,
Ne puisse trouver d'accès;
Que ces auteurs de nos peines,
Soient punis de leurs forfaits;
Le sang qui coule en leurs veines
N'est plus celui des Français.

Doux espoir de la patrie,
Enfans de la liberté,
Conservez toute la vie,
L'estime, fraternité;
Alors l'effet de vos armes
Nous ramènera la paix.
Et nous n'aurons plus d'allarmes
Sur le sort des bons Français.

CHANSON

Air : *Ce mouchoir, belle Raymonde.*

Dans les champs de la victoire,
Jadis, au fort des combats,
On s'immoloit à la gloire
Des orgueilleux potentats.
Lassés de leur tyrannie,
Aujourd'hui n'armons nos bras
Que pour venger la patrie
De leurs nombreux attentats.

Dans une ligue homicide,
Qu'on entraîne les Germains,
Quand la liberté nous guide,
Nos triomphes sont certains ;
Combattons, la foudre est prête,
Les Tarquins sont réunis ;
Que leurs noms soient à la tête
De la liste des proscrits.

De notre égalité sainte
Faisons respecter les lois,
Anéantissons sans crainte
Le despotisme des rois ;
Sortez d'une erreur profonde,
Tyrans, cessez vos efforts,
Ou disparoissez du monde,
Pour émigrer chez les morts.

LE PAS REDOUBLÉ

DES BORDELAIS.

Paroles et musique de Piis.

On dit par tout le monde
L'hymne des Marseillais ;
Qu'on y dise à la ronde
L'hymne des Bordelais.

Pour aller à la guerre,
Leur marche a des attraits ;

Mais la gloire, aussi fière,
Peint nos joyeux succès.
On dit, etc.

Aux tambours, aux timballes,
Nous mêlons nos hautbois,
Et parmi les cimballes,
Nous élevons la voix.
On dit, ect.

Le Vaudeville, à l'aise,
Parcourt tout l'univers :
La liberté française
Se déploye en ses vers.
On dit, etc.

Des bords de la Gironde
Jusqu'aux bords de la mer,
Frères, qu'on se réponde,
En chantant de concert :
On dit, etc.

Sans trop s'en faire accroire,
Le Bordelais zélé
Sait voler à la gloire,
Sur un pas redoublé.
On dit, etc.

Liberté favorite !
Heureuse égalité !
Offrez à votre suite
Humanité, gaieté.
On dit, etc.

Oui, d'encore en encore,
Si nos refrains sont bons,
Nous allons voir éclore
Quatre-vingt-trois chansons.
On dit, etc.

C'est à tort qu'on plaisante
Le Français réjoui :
Le Français, quand il chante,
Fait danser l'ennemi.
On dit, etc.

COUPLETS

De la Fête de la Réunion du 10 Août.

Air : *Oui, j'aime à boire, moi*

Je suis montagnard, moi,
Et je m'en fais gloire :
Vivre et mourir pour la loi,
C'est ma seule victoire.
Que m'importe le courroux
De vils aristocrates ;
La liberté, bien si doux,
Soutient les démocrates.
Je suis montagnard, moi, etc.

De ces intrigans jaloux
Je brave la vengeance ;

Je ne crains pas plus leurs coups
Que leur folle puissance.
Je suis montagnard, moi, etc.

Toi, qui te crois le régent
Du royaume de France,
Viens, de ton gouvernement
Tu recevras l'avance.
Je suis montagnard, moi, etc.

Et vous, lâches émigrés !
Que peut votre influence ?
Vous êtes déjà jugés
Si vous rentrez en France.
Je suis montagnard, moi, etc.

O vous, braves Fédérés,
Qu'un saint amour appelle !
Soyons toujours bien liés ;
Redoublons notre zèle.
Je suis montagnard, moi, etc.

Soyons toujours bien unis ;
Soyons amis sincères ;
Et qu'à jamais soient bénis
Des vrais citoyens, frères.
Je suis montagnard, moi, etc.

O naissante liberté,
Que vous montrez de charmes !
Et vous sainte égalité,
Vous tarirez nos larmes !...
Je suis montagnard, moi, etc.

Nous jurons tous en ce jour,
Le plus beau de la vie,
De consacrer notre amour
A l'auguste Patrie.
Je suis montagnard, moi, etc.

Noyons donc notre chagrin
Dans la liqueur bachique,
Et chantons ce beau refrain:
Vive la République.
Je suis montagnard, moi, etc.

LA CARMAGNOLE

DU SIÉGE DE LILLE.

Du Théâtre de la rue Faydeau.

Un jour le Français se fâcha, } bis.
Et tout debout il se leva, }
   Dès-lors le Parisien
   Adopta ce refrain :
Dansons la carmagnole,
Vive le son, vive le son,
Dansons la carmagnole,
Vive le son du canon.

Ce peuple demandoit son bien,
Mais cependant on ne lui rendoit rien.
   On avoit force amis,
   Qui devoient à Paris

Danser la carmagnole,
Au bruit, au bruit du canon.

Le Français étoit enchanté
D'avoir conquis sa liberté ;
   L'argent disparoissoit,
   Mais le Français chantait :
Dansons la carmagnole,
Vive le son du canon.

Que devenoit tout cet argent ?
A Vienne il alloit sourdement
   Payer les violons
   Qui devoient aux moissons
Nous jouer la carmagnole,
Au bruit, au bruit du canon.

La Prusse étoit dans le complot,
Mais bientôt on découvrit l'pot.
   A certain général
   D'abord on donna l'bal
Sur l'air d'la carmagnole,
Au bruit, au bruit du canon.

Le grand Brunswick est décampé,
Mais Mons de Sax' nous est resté ;
   S'il nous brûle aujourd'hui,
   Nous le brûlerons, lui,
Sur l'air d'la carmagnole,
Au bruit, au bruit du canon.

ÉLOGE DE THIONVILLE

ET DE LILLE.

Air : des Marseillais.

THIONVILLE, place illustrée,
Combien de toi l'on parlera !
Tu seras la cité sacrée
Que tout Français visitera.   *bis.*
Que de lauriers et que d'hommages
Mérite ta fidélité !
L'exemple de ta fermeté
Fera dire dans tous les âges :
Aux armes, citoyens ! formez vos bataillons ;
        Marchons, marchons,
Qu'un sang impur abreuve nos sillons.

Dans l'accord qui se fait entendre,
N'oublions pas, frères, amis,
Ce fameux rempart de la Flandre,
L'écueil de nos vils ennemis.
L'airain détruit, mais la victoire
Ne couronne point des brigands :
Le Lillois, dans ses murs fumans,
S'écrie, en contemplant sa gloire :
Aux armes, etc.

Dans notre ardeur patriotique,
Chantons, célébrons à jamais
Ces deux clefs de la République,
Éternisant le nom Français !

Ces tyrans, que notre ame abhorre,
Sans elles, nous donnoient des fers,
Tandis qu'aux yeux de l'univers,
Par elles, nous crions encore :
Aux armes, etc.

Oui, du joug de la tyrannie,
Un Dieu vengeur nous a sauvé :
Oui, du bonheur de la patrie,
Enfin, le jour est arrivé.
Tout peuple fatigué d'un maître,
Si l'énergie est dans son cœur,
Pour se voir libre du malheur,
N'a qu'à s'écrier, qu'il veut l'être :
Aux armes, etc.

RÉPONSE

A LA CHANSON

REMETTEZ VOS CULOTTES.

Air : *On doit soixante mille francs.*

Défiez-vous, peuple français,
Des messieurs qui dans leurs couplets
    Vexent les Patriotes ;   *bis.*
Citoyens, soyez convaincus
Que des talens et des vertus
    Valent bien des culottes.   *bis.*

« Chassons ces nobles insolens,
    Ont dit des riches intrigans),

» Faisons-nous patriotes :
» Nous allons les remplacer tous ;
» La liberté sera pour nous ;
      » Non pour les sans-culottes.

Mais, jaloux de sa liberté,
Le peuple a dit de son côté :
      « Messieurs, plus de despotes !
» Disparoissez, tyrans nouveaux !
» Dieu, qui nous voulut tous égaux,
      » Nous fit tous sans culottes. »

Ce nom, donné par le mépris,
Aux bons citoyens de Paris,
      Flatte les patriotes ;
Mais jamais ils n'iront à nu,
Car la décence est la vertu
      De tous les sans-culottes.

Rassurez-vous donc, artisans,
Il faut de l'étoffe en tous tems
      Aux plus chauds patriotes :
Et tenez, nous vous observons
Qu'ils en faut pour les pantalons
      Plus que pour les culottes.

Au moral, prenons, au surplus,
Ce nom donné par des Crésus
      Aux meilleurs patriotes :
Car, quoique très-bien culotté,
L'ami pur de la liberté
      Est un vrai sans-culotte.

CHANSON.

Air : Aussi-tôt que la lumière.

Lorsqu'au gré de son caprice,
Un tyran menoit l'état,
Pour soutenir l'injustice,
Il nous forçoit au combat :
Quand notre sang aux batailles,
Avoit coulé pour les rois,
Seuls ils cueilloient dans Versailles
Le fruit de tous nos exploits.

Après un long esclavage,
L'homme a reconquis ses droits,
Et maître de son courage,
S'il se bat, c'est pour les lois :
S'il survit à la victoire,
Le laurier attend son front ;
S'il meurt aux champs de la gloire,
Il revit au Panthéon.

D'une si haute espérance
Quand nos cœurs sont enivrés,
Que pourroient contre la France
Tous les tyrans conjurés ?
Rions de qui s'intimide
Du retour de nos tyrans ;
Le patriote intrépide
N'a pas peur des revenans.

Belges, dont la main défriche

Le champ de la liberté,
Aux yeux de l'aveugle Autriche,
Faites briller la clarté,
Et que l'aigle germanique,
Cachant son double hochet,
Pour sceptre porte une pique,
Et pour couronne un bonnet.

Sots enfans de l'Italie,
Qu'un prêtre tient dans ses mains,
L'ombre de Brutus vous crie
De redevenir Romains;
Allez, arrachant l'étole
De votre sacré tyran,
Rebâtir le Capitole
Des débris du Vatican.

Sortez d'une nuit profonde,
Peuples esclaves des rois;
La France, aux deux bouts du monde,
Vient de proclamer vos droits:
Brisez vos vieilles idoles,
Et leur culte détesté,
Et plantons sur les deux pôles
L'arbre de la liberté.

LA CAMPAGNE DE 1792.

Air : *C'est la petite Thérese.*

Savez-vous la belle histoire
De ces fameux Prussiens ?
Ils marchoient à la victoire
Avec les Autrichiens ;
Au lieu de *palme* et de *gloire*,
Ils ont cueilli des..... *raisins.*

Le raisin donne la foire,
Quand on le mange sans pain :
Pas plus de pain que de gloire,
C'est le sort du Prussien ;
Il s'en va chantant victoire,
Il s'en va criant la faim.

Le *Grand Frédéric* s'échape
Prenant le plus court chemin ;
Mais le Français le rattrape,
Et lui chante ce refrain :
*N'allez plus mordre à la grape
Dans la vigne du voisin.*

N'ayez peur qu'on m'y rattrape,
Dit le héros Prussien,
Je saurai, si j'en réchape,
Dire au *brave* Autrichien :
Va tout seul *mordre à la grape
Dans la vigne du voisin.*

SUITE.

Air : *Des Fraises.*

Ah ! quel malheureux destin !
On ne pourra le croire ;
Les invincibles Prussiens
Ont avec les Autrichiens,
La foire, la foire, la foire.

Quand Brunswick dit aux soldats,
Volons à la victoire ;
On répond, culotte en-bas,
Monseigneur, n'avons-nous pas
La foire, la foire, la foire.

Votre manifeste ira
Plus loin qu'on ne peut croire ;
Ici, l'on s'en sert déjà
Tout aussi-tôt que l'on a
La foire, la foire, la foire.

Frédéric, à tes soldats,
Esclaves de ta gloire,
Tu fais manger des dadats,
Comment donc n'auroient-ils pas
La foire, la foire, la foire.

Tyrans, tout est au grand jour,
Ce n'est plus du grimoire,
Avec nous les gens de cour,
N'en seront pas quittes pour
La foire, la foire, la foire.

UN PERE A SON FILS.

Air : *Du serin qui te fait envie.*

En quoi ! tu peux dormir encore ,
N'entends-tu pas des cris d'amour ?
Réveille-toi , voici l'aurore ;
Mon fils , voici ton plus beau jour !
C'est à l'Autel de la Patrie
Que tu vas marcher sur mes pas ,
Cours à cette mère attendrie ,
Qui t'appelle et t'ouvre ses bras.   *bis.*

Mon fils , vois-tu ce peuple immense ,
Comme il accourt de toutes parts !
De ces guerriers chers à la France ,
Vois-tu flotter les étendards !
C'est à l'autel de la Patrie
Que l'amour dirige leurs pas ,
Tous vont à leur mère chérie
Se dévouer jusqu'au trépas.

Dans tes regards brille une flamme
Qui plaît à mon cœur paternel ;
Ouvre les yeux , fixe ton ame
Sur ce spectacle solemnel.
C'est à l'autel de la Patrie
Qu'il faut sacrifier tes quinze ans ,
Et c'est-là que l'honneur te crie
D'apporter tes premiers sermens.

Tu l'as fait , ce serment auguste ,
Devant la France et devant moi ;

Tu serviras, vaillant et juste,
Et la République et la loi.
C'est à l'autel de la Patrie
Que tu viens de le prononcer ;
Plutôt perdre cent fois la vie
Que de jamais y renoncer.

Il est d'autres sermens encore
Qu'exigent ton père et l'honneur ;
Un dieu puissant que tout adore
Va bientôt appeler ton cœur.
Mais sur l'autel de la Patrie
A la beauté jure en ce jour
Que jamais sa vertu flétrie
Ne gémira de ton amour.

Si d'une belle honnête et sage
Tu sais un jour te faire aimer,
Le nœud sacré du mariage
Est le seul que tu dois former.
Mais à l'autel de la Patrie
Courrez tous les deux vous unir ;
Que jamais votre foi trahie
N'ordonne au ciel de vous punir.

Dans cette chaîne fortunée
Si tu deviens père à ton tour,
Pour premier don, si l'hymenée
Accorde un fils à ton amour,
Offre à l'autel de la Patrie
Ce fruit heureux de ton lien,
Dans ton cœur, c'est elle qui crie ;
Qu'il est son fils comme le tien.

Tu vois ce fer d'un œil d'envie,
Il doit un jour armer tes mains
De lui souvent dépend la vie
Ou la mort des foibles humains.
C'est à l'autel de la Patrie
Qu'il faut le suspendre aujourd'hui ;
N'y touche pas qu'elle ne crie :
Prends ce fer, j'ai besoin de lui.

Quand le temps qui marche en silence,
Par d'imperceptibles efforts,
Aura miné mon existence,
Et décomposé ses ressorts ;
C'est sur l'autel de la patrie
Que tu creuseras mon tombeau.
Est-ce perdre en entier la vie
Que de rentrer dans son berceau ?

VAUDEVILLE

DE L'HEUREUSE DÉCADE.

Air : On doit soixante mille francs.

Pour terrasser nos ennemis,
Tous les Français, mes bons amis,
  Sont de chauds patriotes :   *bis.*
Mais pour réussir tour à tour,
En guerre aussi bien qu'en amour,
  Vive les Sans-culottes.   *bis.*

A tort on dit que les Prussiens,
Les Anglais et les Autrichiens
  Ne sont point patriotes ;
J'vous l'jure ici, dans nos exploits,
Nous l'z'avons rendus plus d'une fois
  Tout-à-fait Sans-culottes.

Si j'fais un amant, dit Manon,
Je veux avoir un franc luron,
  Qui soit bon patriote :
L'habit, la coiffur' ne m'font rien ;
Mais pour son bien et pour le mien,
  J'l'aimerois mieux Sans-culotte.

J'aimais un peu le beau Damis,
Qui, quoiqu'assez joliment mis,
  Etait bon patriote.
Mais combien s'accrut mon ardeur.
Quand le trouvant à la hauteur,
  Je le vis Sans-culotte.

A u P u b l i c.

On a voulu, dans ces couplets,
Offrir quelqu'agréables traits
  Pour de bons patriotes.
Si vous avez si de bon cœur,
Claquez et l'auteur et l'acteur,
  Ils sont tous Sans-culottes.

CHANSON.

Air : *Jeunes amans , cueillez des fleurs.*

Que l'on se plaît à contempler
Du Français le noble courage !
On ne sauroit trop admirer
L'horreur qu'il a pour l'esclavage !
Qu'il est sublime , qu'il est grand,
Quand aux tyrans il fait la guerre !
Que j'aime à voir en ce moment
Le tableau qu'il offre à la terre !

Sur le point de quitter son fils ,
Si la mère verse des larmes ,
Le saint amour de son pays
Vient bientôt calmer ses alarmes ;
Liberté , dit-elle , à l'instant ,
Que toujours ton flambeau l'éclaire ;
Protège-le , c'est ton enfant ,
Comme moi n'es-tu pas sa mère ?

Vive à jamais la Liberté ,
Vive à jamais la République ,
Français , sois toujours animé
D'une ardeur vraiment héroïque ,
Et déployant de nos guerriers
Le plus sublime caractère ,
Voles moissonner des lauriers ,
Pour parer le front de ta mère.

N'écoutons plus , mes chers amis ,

Que le cri de notre patrie ;
Soyons égaux , libres , unis ,
Pour terrasser la tyrannie ;
Que de sa lâche cruauté ,
Elle reçoive le salaire ;
Allons venger la liberté ,
Un fils doit défendre sa mère.

HYMNE A LA LIBERTÉ,

Pour l'inauguration du Temple de la Raison, dans la ci-devant Métropole de la Commune de Paris.

Le Décadi 20 Brumaire , l'an II de la République.

Descends, ô Liberté, fille de la Nature,
Le peuple a reconquis son pouvoir im-
    mortel ;
Sur les pompeux débris de l'antique impos-
    ture ,
Ses mains relèvent ton autel.

Venez, vainqueurs des rois, l'Europe vous
    contemple :
Venez , sur les faux dieux étendez vos
    succès :
Toi, sainte Liberté, viens habiter ce temple;
    Sois la Déesse des Français.

Ton aspect réjouit le mont le plus sauvage,
Au milieu des rochers enfante les moissons:
Embelli par tes mains, le plus affreux ri-
vage
Rit environné de glaçons.

Tu doubles les plaisirs, les vertus, le génie,
L'homme est toujours vainqueur sous tes
saints étendards ;
Avant de te connoître il ignore la vie ;
Il est créé par tes regards.

Au peuple souverain tous les rois font la
guerre ;
Qu'à tes pieds, ô Déesse, ils tombent
désormais ;
Bientôt sur le cercueil des tyrans de la
terre,
Les peuples vont jurer la paix.

Guerriers libérateurs, race puissante et
brave,
Armés d'un glaive humain, sanctifiez l'ef-
froi ;
Terrassé par vos coups, que le dernier
esclave
Suive au tombeau le dernier roi.

N.

javeau ————————— le 6⁰
du mois de Septembre